문학과지성 시인선 248

5분의 추억

윤병무 시집

문학과지성 시인선 248
5분의 추억

초판발행 / 2000년 10월 25일
2쇄발행 / 2000년 12월 21일

지은이 / 윤병무
펴낸이 / 채호기
펴낸곳 / ㈜문학과지성사
등록번호 / 제10-918호(1993. 12. 16)

서울 마포구 서교동 363-12호 무원빌딩(121-838)
편집/ 338)7224~5 FAX 323)4180
영업/ 338)7222~3 FAX 338)7221
홈페이지/ www.moonji.com

값 5,000원

문학과지성 시인선 248

5분의 추억

윤병무

2000

훗날, 이곳을 처음 펼쳐볼 필원에게

시인의 말

"칼이 빠르면 피가 솟을 때 바람 소리가 들린다고 하는데, 나는 그 소리를 듣는다."

영화 「東邪西毒」에서, 고향에 돌아갈 여비를 마련하기 위해 흙먼지를 일으키며 몰려온 마적단에 홀로 맞섰던, 점점 눈이 멀어가는 어느 武士가 구름 낀 하늘을 올려다보는 장면의 마지막 독백이다.

그처럼 나는 휙, 하고 나의 안팎에서 빠르게 지나가는 바람 소리 같은 찰나를 붙잡아두고 싶었다. 그러나 내가 어떤 조짐을 느끼고 나의 안팎을 둘러보았을 땐 이미 '그 소리'는 멀리 사라져가고 있었다. 이 누추한 시집은 그 끝자락에 대한 희미한 크로키이다.

2000년 가을
윤병무

5분의 추억

차례

▨ 시인의 말

序詩
─출근길

어제 무슨 일이 있었던가

늦은 아침 호주머니에서 나온
병뚜껑 하나

구부린 엄지와 집게손가락 사이에서 반으로 접힌
알리바이를 갖고 있는
오비라거 병뚜껑 하나

어두운 호주머니 속에 갇혀 있다가
내 손가락에 잡혀 올라와선
죽은 조개처럼 입을 열지 않는다

流星

만나러 가는 길은
숯불이 타고 있는 수세식 변기밖에 없었지
잠시 문을 열기 위해 집게로 집어낸 숯불들은
스크럼을 짜고는 붉은 몸을 흔들어댔지

드디어 문이 열리고 변기로 통하는 구멍 아래에는
긴 사다리가 준비되어 있었지
결심을 끝낸 그가 변기 속으로 한쪽 다리를 넣을 때
누군가 불도장을 찍듯 어깨를 짚으며
사위어가는 눈빛으로 말했지
ㅡ알지? 일단 한번 내려가면, 다시는 되돌아올 수 없어!

그가 까마득한 사다리를
가느다란 빛을 뿌리며 내려오는 동안
밤바람은 무수한 장님들이
잡고 내려간 매끈한 사다리에 찍힌
지문들을 지우고 있었지

그가 살짝 휘어진 사다리를 다 내려왔을 때
어느 눈꺼풀 없는 붉은 눈의 사내를 만났지

지나가는 바람을 잠시 쥐었다 놓아주면서
붉은 눈의 사내는 그에게 말했지
―너를 찾는 이를 알고 있어, 그이는
　단 한 번만의 기회로 너를 만나러 위로 올라갔어
　그런데 너는 왜 여기까지 내려왔지?

막차 뒤에 남은 사람

당신은 남고 나는 막차에 오릅니다.
어찌하지 못하고 우두커니 서 있는 당신은
떠나는 내가 뒤 창가에서 흔드는 손 사이에서
점점 작아지고 있습니다 내가 떠나고 나면
어느 날, 청춘이었던 당신의 속눈썹에 떨어진 첫눈처럼
곧 소멸될 당신임을 알면서 나는
입 안에서나 맴도는 작별 인사로 혓바닥이나 씹으며
당신을 남기고 떠납니다
떠나는 나처럼 떠나고 싶어
저물녘의 소낙비처럼 쏟아지던 당신의 눈물
그 격정이 아직도 당신의 몸을 흔들고 있는데
나는 그믐의 어둠 속으로 달리는 막차를 타고 떠납니다.

그런 나는 당신이었다가 나였다가
결국 승강장에 남아 한 그루의 가로수가 됩니다
일정한 간격으로 자리잡은 당신은 나는
오늘도 막차를 타고 떠나가다가도 다시 남아
가로수 한 그루가 더 됩니다
둘러보면 즐비한 가로수들, 가로수의 깊은 뿌리들
많은 날 동안 만져도 반응하지 않는 당신은

어느 날 떠나기로 작정한 나를 지켜보며 괜히 슬픈 척
차도와 인도 사이에
때 이른 나뭇잎 한 장을 떨어뜨립니다
그 경계에 서서 잠시
그 구부러진 나뭇잎을 주워 들고 있던 나는
몇 걸음을 걸어가 다시 당신과 함께 일렬로 섭니다

귀갓길

끓는 주전자 뚜껑 밖으로 새어나온 물방울처럼
사라져버리고 싶었던 사람은 안다
안개가 쌓이는 밤
아스팔트를 덮고 가로등을 덮고 학교 운동장의 농구
대를 덮는
밤안개가 모든 지나가는 것을 지워버리듯이
길을 돌아보면
단 몇 장만 남은 흑백 사진들이
물기 없는 나뭇잎처럼 뒹굴며
무심한 행인의 발길에 차이고 있는 것을

푸른빛을 좇아가 살충용 전선에 타 죽는 모기들처럼
사라져버리고 싶었던 사람은 안다
어떤 선택은 겨울밤의 늦은 귀갓길에서
막차의 브레이크 등에 불이 꺼지는 것을 바라보며
달려가다가 보도 블록 위에 길게 넘어지는 것임을

이번 겨울 들어 처음으로 얼었다는
한강물을 따라 자유로로 진입할 때
어젯밤, 성산대교 아래로 몸을 날린 뉴스 속의

어떤 사내는 나의 빈 옆자리에 앉아
한강 물 속에 일렬 횡대로 서 있는 불빛을 바라보고 있다

질주

아이————다이다이다이다이다이다이다이다이
달려라 달려 길가의 꽃들이 보이지 않게
뒤로 가는 꽃들이 헤프게 웃는다
꽃 이름이 생각나지 않아 달려라 달려
계기판의 바늘이 부러지게
부러진 꽃이 부르르 떨게
타이어야 지면에서 떨어져라
우리는 너무 무거워
그래 변속을 해야지
기어 이빨이 팽이심이 될 때까지
바람에 터널을 내야지
빛을 놀래주자 문득
허리를 펴는 농부가 보았으면
한세월이 지나갔어, 하게
경적을 울리자 빼액 울려야 해
울먹이게 하면 안 돼 그러면
그대로 갈 수 없잖아 그러면
꽃이 보이고 꽃 이름이 생각나고
바람이 겨드랑이로 들어오고 그러면
우리는 또다시 문을 열어줘야 하고 그러면

우리는 짐을 쌀 수 없어
아, 벌써 흰 별이 떴어

그믐밤

붉은 등이 꺼지고
아무도 내리지 않은 승용차는 출발한다
파란 입김 날리는
연소율 좋은 휘발유와 함께 여인은
언제나일 것만 같은 겨울밤의 흰 눈자위 앞에서
사라져갔고 엘리베이터를 기다리던
사람은 계단을 오르기로 했다

몇 번짼가의 말더듬 끝에 고백에 성공한
형광등의 집엔 베란다 새시가 닫히고
육지로 달려온 파도 소리를 내며 커튼이 펼쳐졌다
그런데도 찬바람은 용케도 스며들어왔다

귀순한 한 여인을 위해
까닭 없이 목숨을 걸 것만 같은,
미니 시리즈의 유능한 人民武力部 將校를 보며
나는 마음이 아팠고
애인은 당연한 스토리라고 했다

발라준 성의를 봐 웬만하면 그냥 잠자리에 들려 했지만

얼굴의 로션 냄새에 자꾸 토할 것 같아 세수를 하고
몰래 이불 속으로 들어갔다

한밤의 전화

한때, 여섯 살 차이임에도 친구라고
술잔 소리처럼 말하던
선배의 전화를 받았다

선배처럼 한밤중에 취한 목소리로 내가
선배에게 전화를 걸던 날도 있었다

내가 전화를 할 때마다
취해 있지 않았던 선배가
취해 전화를 해왔을 땐
내가 취해 있지 않았다

나는,
살 만한가

5분의 추억

잠시, 텅 빈 고등학교 운동장을 내려다보는 사이
푸른 별 하나 아득한
어느 날의 귓속말 같은 엷은 구름에 가려져
그렁그렁하더니 사라졌다
9층 베란다 아래로, 손가락 끝에서 튕겨져나간 담뱃불

훔쳐보다 들켜버린 사춘기의 눈동자처럼
주홍 불빛 하나 밤바람을 타고
천천히 추락하면서 어둠에 갇힌다
재처럼, 생각이 마저 가벼이 떨어진다

너무 이른 겨울 아침

너의 설레이던 마음별,
살얼음 눈빛과 만나 퍽,
꺼져 끝도 없이 겨울강 바닥으로 내려갔지
그곳에서 너는 어느새
갈라진 가슴 살 속에
처마 밑 고드름 같은 투명한 햇살 하나 품고
기다리는 조개가 되었지

수면을 향하여 발차 오르는
급한 나의 두 다리 뒤로
손 흔들며 올라가는 기포를 바라보다가
끝내 강바닥으로

가
 라
  앉
 는

 너
  의

호
린

눈
빛

순환선 지하철에서

밤새 만나지 못하고 잠 깬 날 아침
지하철에 올라 손잡이를 잡으면
누군가의 체온이 남아 있다

지난밤 강가에 나와
물수제비질하던 손
手溫을 싣고 날아간 얇은 돌이 수면을 두드릴 때마다
얼굴들 하나씩 그리던 손

맨발로 달려 나간 수십 개의 돌들은
마지막 얼굴을 그리다가 사무치고
사무치는 방향으로 내리는 새벽비를 맞으며 돌아와
열쇠 대신 쥐고 있던 한 송이의 꽃줄기 끝으로
대문을 열어보려던 손

끝내 문은 열리지 않고
─나는 너를 사랑하지 않았어, 잊어줘
검은 벽에 씌어진 하얀 글씨를 보고
─세상은 나에게 잊는 법을 가르쳐주지 않았어
독백 이후에 자신의

손바닥을 향하여 방아쇠를 당긴 손

밤새 만나지 못하고 잠 깬 날 아침
순환선 지하철에 올라 손잡이를 잡으면
누군가의 체온이 식어가고 있다

* 고딕체: 영화 「퐁네프의 연인들」 중에서.

출장 중 1

육교의 정상에서 눅눅한 도시의 거리를 내려다보았을
어느 실직자의 깊고 푸른 밤이 가면
토사물 위로 대낮의 아지랑이가 춤춘다
내장 속에서 쫓겨난 자존심도 드문드문 섞인
만두소로 비둘기들의 푸짐한 오찬이 시작되었다 나는
계단을 오르고 싶지 않지만
되돌아갈 수도 없는 입장
가던 길을 간다

저기 아주머니들이 포진해 있다 오늘도
나는 두세 아주머니쯤은 과감히 빠져나가지만
(미안하지만, 나는 바쁘니까!)
마지막으로 다가와서 은밀히 손을 내미는
아주머니와는 비밀스레 접선한다
암호는 '싼 이자!'
뒷면에는 어느 역에서도
하차할 수 있는 지하철 노선이 그려져 있다

한때는 마릴린 먼로의 원피스를 들췄던
지하철 환기구의 더운 바람이

오늘은 환기 철창 안에서
스낵 봉지 하나를 이리저리 몰아댄다
구겨진 비닐 스낵 봉지는 약 먹은 개처럼
정신이 없다 봉지는 멈추지 않는다
나는 다음 목적지를 향하여 시내버스에 오른다

낮술

검은 유리창을 둘러놓아 거리를 지날 때마다
궁금했던 카페 안으로 들어와 보니
안에서만 바깥이 내다보이는
창을 붙여놓았다 창가에 앉아
내가 걸어온 길거리의 풍경을 바라본다
술잔이 비워지자 아는 사람이 지나간다
나는 그이를 보며 웃어 보인다
그이는 웃지 않는다
나는 손을 흔들어 보인다
그이는 창가를 스쳐 지나간다

지난밤, 절제된 영화의 한 관객처럼
세상을 향하여 앵글을 잡을 줄 아는 사람은
사소한 출연자들의 마지막 모습을 기억해둘 것이다
제작진의 이름들이 줄줄이 화면 위로 사라질 때까지
주연이 직접 부른 노래가 쓸쓸하다

좌변기의 물을 내리면

내가 까놓은 알들이 하나둘씩
흰 날개를 달고, 숙인 고개 아래서
맥주 거품의 모양으로 유체 이탈한다

물을 내리면서,
창녀의 과거를 용서할 수 없는 자신이 싫다고
고백하며 괴로워하는 어느 드라마의 남자가 바로
나다, 라는 생각이 든다

소용돌이치며 배꼽 속으로 내려갔던
변기의 물이 다시 차올라와
코끝에 와선 멈춰 선다
나는 멈추었던 숨을 겨우 들이켠다

자리로 돌아와 소파 깊숙이 파묻힌 나의
입은 채워진 맥주를 들이켜곤 다시
吟誦症 환자처럼 중얼거리며
투명한 알들을 부화시키기 시작한다

행인의 얼핏 비친 눈물

날 선 초승달 스쳐
살점 벌어진 저녁 바람
행인의 얼핏 비친 눈물로
서녘은 저리 붉었다
벌어진 살점에
소금 한 줌 뿌리고 눈 뜨는 별의
비린 길을 걸으면
보도 블록 그물을 빠져나가지 못하는
숱한 행인의 발걸음들
어느 발자국의 보도 블록에
볼을 대고 엎드려
별들간의 거리를 올려다본다
그렇게 오래도록 드러누워 있고 싶지만
가던 길 간다, 갈 곳은 없지만
리드하는 저녁 바람이 행인의
허리를 잡고 스텝을 밟으면
발길에 툭, 걸리는 것이 있어
행인은 뒤돌아본다
언 강물 위에 박힌 돌멩이들처럼
보도 블록 그물코에 매달린 발걸음들

해 진 거리에서 묻는다
—여 보 세 요, 아직 막차는 남아 있나요?

바보 같은 사랑의 밤 1

슬픔을 아는 사람의 슬픔은 그래도 견딜 만하다
그러나 슬픔의 눅눅한 안개에 싸여
슬픔이 어디까지에 다가와 있는지
모르고 사는 사람의 슬픔은
견디는 것인 삶이기에
늦은 밤 자주 방안의 한구석에 웅크리고 앉아 있다
마치 태아 때의 자세가 자꾸 그리워지는 것이다

─여보 세요?…… 여 보세요?…… 여 보 세 요?……
태아를 그리워하는 전화가 걸려오고
아무 말 없이,
글썽이는 눈망울을 스르르 눈꺼풀이 덮듯이 전화가
끊기고 나면 어김없이 이부자리에서 일어나 방 한구
석으로 가
엄지손가락 대신 엄지손가락 끝에 박힌
손톱을 앞니로 깎으며 웅크리고 앉는,
물 위에 뜬 새파란 풀잎
그 물 깊은 어두운 심연의 부력이 풀잎을 띄우고 있다

가느다란 풀잎이 고요히 떠 있는 사이

거꾸로 입력된 비밀 번호를 가지고 있는
다른 집의 전화벨이 울린다
—*여보세요!*
—······집에 들어가는 길에 보고싶어서 전화했다
—*(주접떨지 말고 빨리 들어와!)*
불쌍한 건 마찬가진데, 무엇이 다른가
슬픔을 아는 사람의 슬픔은 그래도 견딜 만하다

    * 고딕체: 드라마 「바보 같은 사랑」 중에서.

이번 정차할 곳은

버스가 지나간 자리는
바람의 도미노 게임
눈으로 앞사람의 뒤통수를 밀며
좌석 없는 좌석버스에 오르면
발을 조심해야지 희미한 조명 아래서
스텝이 얽히면 숙녀에게 실례지
25시까지 영업하는 주유소의
춤추는 종업원들의 리듬에 맞춰
흔들리는 팔들 머리들
사이에도 틈은 있어라
파고드는 태진아의 녹음 테이프 소리
손수건을 흔들며 임이 오신다기에 흔들었던 손수건
노란 손수건
검정 비닐 봉지를 흔들며 깜빡이는 신호등을
향해 한 여인이 뛰자마자 출발하는 버스의
기어가 걸릴 때 길가에서
돌고 있는 장작 구이 통닭들을 보며
바지 주머니 속의 손이
라이터 부싯돌을 돌린다
액셀을 밟으면 숨을 멈추자

기어를 변속할 때만 숨을 돌리자

다음 정차할 곳은……

처음과 사이

늘어진 어깨에 걸려 있던 노란 바바리 코트 자락이
살짝 나부끼면서 금발 가발의
여인은 침대로 쓰러진다 그리고
여인의 검은색 안경알에
카펫에 웅크리고 앉아 텔레비전을 보며 끊임없이 통
조림을 먹어대는
사내의 옆모습이 열려진 냉장고의 조명을 받아 비친다*

새벽의 푸른빛이 창문에 번져올 때까지도
낡은 흰 구두를 벗어놓고
잠든 여인은 기척이 없다
처음 만난 여자,
처음 잠든 여자를 지나,
처음의 사내는 세면장 안에서 조용히 독백하면서
넥타이로 여인의 흰 구두를 닦는다

여인의 침대 밑에
흰 구두를 내려놓고
방문을 나서는 사내의 뒷모습이
세상 밖으로 처음으로 드러난 여인의

갈색 눈동자 속으로 걸어 들어간다

정규 방송이 모두 끝난 시간
텔레비전에서는 흑백의 무수한
點들이 나타났다가 사라지면서
주전자 밑바닥에서 졸아붙는 듯한 물소리를 낸다
그 소리들 중 약 2퍼센트는 아직은
우리가 알 수 없는
먼 우주에서 날아온 소리라고,
1999년 11월 어느 날
또 하나의 은하계를
처음 발견한 한국의 어느 천문학자는 말했다

* 영화 「중경삼림」의 첫번째 남녀.

햐쿠타케 혜성에게

네가 오고 있다는 소식을 들었을 때
주검을 두려워하는 이유를 생각했어
느끼고 있다는 사실이 사라진다는 사실은 슬픔이거든
네가 우리에게 매력을 느꼈든 느끼지 않았든 상관없이
이틀이 지나면 떠나야 하는
운명 때문에 너를 생각했을 거야

먼지와 가스의 정체만은 아니라는, 아니 너는 그것으로
情을 숨기기 위해 위장하고 있다고
생각했지 네가 지나온 길 뒤쪽에서
기침 소리가 들려와

이틀째 되는 밤
너의 템포는 빨라지고 있어 그러나
더 무거운 화음은 어느 벽을 치며 웅웅거리고 있어
말도 안 되지 벽이 있다니 그러나
벽은 이미 어느 곳으로도 뚫려 있지
그래서 작별이 있나봐

네가 가고 나면 우리는 남아 있을 거야

그리고 우리가 더욱더 平和를 위장하다가
그 끝을 보는 날엔,
우리도 어딘가로 무작정 떠나가겠지
어차피 그렇게 될 수밖에 없는 길 위에 서 있다면
아주 우연히 다시 만날 날을 기다리며……
잘 가

낙타의 잠

과음한 시인이 낯선 방에서 잠들었다
아픈 꿈을 꾸는지
그르렁그르렁거리는 시인의 앓는 소리는
다하지 못한 언어를 일으켜세우려 한다

낯선 꿈은 사막을 걷고
지쳐 쓰러지지 않으려는 언어는
시인에게 속삭인다

—우리의 빠지는 다리는 여기에 있지 않아
　저기 보이지도 않는,
　우리가 걸어온 저기 저곳에 있지
　우리가 되돌아가 다리를 가져온다 하더라도
　우리의 빠지는 다리는 여기에 있지 않아
　저기 보이지도 않는,
　우리가 걸어갈 저기 저곳에 있지

모든 발자취를 없앤 모래 바람이
壽衣처럼 펼쳐놓은 모래톱에서
시인은 목발처럼 빠져들고

자꾸만 헛디디며 일어서려는 언어는
그르렁그르렁, 목젖을 차며 자꾸 말을 건다

어떤 인연 1

처녀 금붕어와는 반대로 총각 은붕어는
하루가 다르게 말라만 갔다
젊을 적의 할머니가 이리저리 옮겨놓았다던 돌절구
안에서
맨수돗물에 익숙해진 두 운명은 물이끼를 핥았다
그러던 어느 날 총각 은붕어의 아가미 속에서
초록등과 함께 노란 신호등이 켜졌다 그러자
총각 은붕어는 온종일 수면 위에 대고
비밀 같은 말을 털어놓았고
두 번이나 물을 차고 밖으로 나와
땅바닥에서 맘보를 췄다 그럴 때마다 할머니는
문턱에 웅크리고 앉아 福을 배웅하고 있다가
총각 은붕어를 다시 물에 넣어주고
돌절구의 물을 갈아주었다
며칠의 여름밤이 가고 총각 은붕어는
돌절구 둘레를 격정적으로 서너 바퀴 돌더니
결국 한쪽 눈을 하늘에 대고 수면에 누웠다
저녁놀을 등에 진 그림자가 들어앉은 돌절구 속의
총각 은붕어의 딱딱한 눈동자를 지나
처녀 금붕어는 그의 마지막 배설물을 물었다가 뱉었다

어린 할머니는 다시 물을 갈아주고
감나무 아래로 다가가 쪼그리고 앉았다

風요일의 오후

　나는 혼자 보낸 휴일의 빈집을 청소한다 여름볕이 내려다보고 있는 베란다의 스테인리스 봉에 북어처럼 매달려 빨래 집게에 등록되어 있는, 한때 연인 같은 수건으로 쓰이던 흐린 하늘색 걸레를 들고 나는 세면장으로 들어간다 걸레를 빠는 용도로만 쓰이는 파란 대야에 파란 물을 가득 채우고 걸레를 풀어놓아준다 그러자 걸레는 미역처럼 긴장을 푼다 그것도 잠시, 내 손아귀에서 닻줄처럼 쥐어짜진 걸레는 그물처럼 펼쳐져 정확하게 여덟 번으로 접혀선 크게 숫자가 쓰어진 달력처럼 사각형의 선이 그어져 있는 방바닥의 장판 위에 놓인다 그러자 걸레는 나의 눈대중으로 여덟 등분하여 갈라놓은 방 안 구석구석을 탐색하기 시작한다 한 등분의 면적을 끝내면 걸레는 몸을 뒤집어 사용하지 않은 다음 면으로 다음 등분의 면적을 향하여 갈 길을 간다 그 한 등분에 월요일이 가고 다음 등분에 화요일이, 그 다음에 수요일 목요일 금요일, 그쯤 되면 세 등분을 남긴 걸레의 몸은 물기도 잃고 머리카락과 먼지에 휩싸여 기름 뜬 漁港의 해초처럼 흐느적거린다 그 상태에서 토요일과 일요일의 분량까지 마친 걸레가 마지막 한 조각을 남기자, 열려진 베란다 창문으로 하루 한 자락의 바람이 매미 소리 하나

를 데리고 들어와 내 몸 밖으로 돋아나 빼곡한 잔털들을
휘익 누이곤 급히 사라진다 그렇게, 짧은 風요일의 오후
가 가고 화장실의 파란 대야 안에서 세 차례나 하얀 똥
을 눈 흐린 하늘색 걸레는 베란다 밖에서 어느 바람만이
알아들을 수 있는 이상한 소리를 서너 번 내지르며 부르
르 몸을 털고는 스테인리스 봉에 매달려 여름볕과 독대
하고 있다

섭씨 36.5도의 날

오늘도 어제의 낮 기온을 넘어섰습니다
10년 만에 기록이 경신된 것이랍니다
이제 바람과 사람은 주고받을 게 없습니다

한낮, 주차장에서
고개를 뒤로 돌려 차를 후진시킵니다
이제 운전은 능숙합니다 옆 거울만 보아도
좁은 골목길을 서둘러 빠져나올 수 있습니다
핸들은 이미 마찰력이 줄어들었기 때문에
가볍습니다

그 가벼움이
후진하던 차를 멈춥니다
골목 끝에 한 사람이 서 있기 때문입니다
더운 바람에 머리칼만 살짝 나부끼는 것만 같은,
흑백 사진 같은 사람은
내가 이곳에 다시 오기 오래 전부터
서 있었던 사람입니다
그이가 아직도 속눈썹처럼 웃어주는지 어떤진
아스팔트의 아지랑이 때문에 확인할 수 없지만

예전의, 속으로 숨는 음성이 까칠한 벽을 짚고
골목 안으로 걸어들어옵니다
—사는 일이 불 꺼진 냉장고 속 같을 때 문득, 그리
  운……

발뒤꿈치를 들켜버려 숨었던 사람
아직도 골목길 끝에 서 있습니다

鳥葬

오래 전 어느 처녀의 심장을
품은 새가 햇살을 따라
목에 걸린 미싯가루 같은 구릉 위에 내려앉는다
저기 갓 태어났던 아기의 손가락을
품은 새도 부리로 태양을 지시하며
童心을 그리며 내려오고 있다

잘 안 잘려지는 어깻죽지 같은 우리의
일상에 철로 빛 손도끼가 내리꽂힐 때
路資를 받기로 하고 마적단과
마지막 한 판을 벌이는
사막의 武士처럼
얼굴을 가린 누군가는 때 전
복면 속에서 혼잣말을 한다
—이젠, 만나지 말자
  彼岸으로 데려가려무나, 새야

손도끼를 내리칠 때마다
까르르 웃으며 튀어오르는
청춘의 붉은 물

헝겊의 조직 사이로 스며든다

멀리, 배부른 새가 난다

錄

문은 열려 있었다
급히 문지방을 넘다가 새끼발가락이 부딪힌
모서리에서 초록색 페인트와 함께 벗겨져나오는,
기생이 애 뗄 때 먹었다던 錄

수십 년의 시차를 두고
마음이 먼저 나갔을까
현관문에서 한 사생아가 엿본다
사생아의 배경은 $\frac{3}{4}$박자로 섬을 만들고
섬 꼭대기에서
청동 아이는 슬로 왈츠를 춘다

왜 하늘을 보았을까 청동 아이가
문을 열고 들어가기 전에
습한 바람이 한번 웃어주었다
命을 다하기 전에 엄마는 죽었다
엄마가 죽기 전에 녹슬지 않는 아이는
엄마의 가슴속을 캐러 갔다가
매몰된 갱도의 벽에 세로로 쓴다

어머니
배고파*

보고싶어

열려 있을 것 같던
문은 닫혀 있었다
아무도 나가지 않고
들어오지 않은 채

* 사할린의 어느 매몰된 탄광 벽에 씌어진 글.

HOLIDAY

바람이 불고 창문에 붙여놓은 비닐이 배불렀다
장독대를 개조한 방이 주인을 임신했든지 아니면
주인이 방의 배란기에 맞춰
라면을 끓이고 있는 것이다
상다리 하나가 부러졌어도 나머지 세 다리가 지탱해
주는
즐거운 서커스의 만찬이 개막된 것이다

상보로 쓰이는 조간 신문에선
한 탈옥수가 자기의 머리에 방아쇠를 당겼다
어릴 적 作家가 되는 게 꿈이었다던 그는
자신에 대한 재판 결과가 억울하여 철창을 뜯고 나왔다
특공대가 침투하여 그의 동료를 사살하기 전
그를 회유하려는 전화 통화에서 그는
비지스의 「HOLIDAY」를 듣고 싶다고 했다
예측할 수 없이 끝나버린 음악처럼
노래가 끝나고 그는 천년 안식에 들어갔다

몇 시간 동안 인질로 있으며 그의 상처를 간호하던
여인은 파앙, 하는 순간 그를 끌어안았다

이쪽을 뚫고 나간 저쪽 머리에선
그의 어린 시절이 빠져나갔다

그랬다 아래층에서 설거지를 하면
위층에선 수도관이 부르륵부르륵 앓았다
그러곤 한참 동안이나 수돗물은 나오지 않았다

바보 같은 사랑의 밤 3

그녀의 눈물이 마르기 전
구름은 결국 마지막 노을을 가려버렸다
노을은 사라지면서 돌이 된 그녀의 푸른 뺨에
모닥불 같은 조용한 키스 하나를 얹어놓았다
그러자 노을 같은 모닥불은 저 혼자 들판에 남아 흔들
리다가
우리 속에 갇힌 원숭이처럼
밤바람에 흥분했다

그녀의 볼에서 눈물이 마르기 전
그녀는 흩날리는 스티로폼 가루처럼 말했다

─나 때문에…… 우는 사람도 있군요*

작은 액자 같은 창틀 속에 웅크려 앉아 있는
바보 같은 연인을 내려다보는
밤의 빗방울 하나가 슬레이트 지붕 끝에
힘겹게 매달려 있다

등뒤로 밤바람이 불었나보다

어느 집에선가 쫓겨날,
복도에 웅크리고 앉아 있을 사람이
놓고 간 빈 일회용 도시락통이
탁한 목소리를 내며
어두운 계단을 타고 굴러내려온다

   * 드라마 「바보 같은 사랑」 중에서.

밤에 듣는 소식
──「9시 뉴스」에서 「공개 수배 사건 25시」까지

올해에도 고래 사냥이 시작되었다
사람들은 물에 들어가 먼 바다로부터 해변으로
몰린 돌고래떼의 등에 물음표를
꽂는다 돌고래들의 꼬리는 일제히 물을 차며
격렬히 대답한다
─제발 묻지 마라, 그런 물음은 당신들 자신에게나
  던져!
그러나 결국 물음표를 던진 사람들이
정해놓은 대답을 하지 않은 돌고래들은 한 마리씩
물 밖으로 끌려나온다

그 장면을 보게 될 때까지 '피바다'가
과장인 줄 만 알았을 한 少女가 마대 자루에
싸여 楊平의 어느 강가에서 사체 유기되어 발견되었다

나이는 15세에서 16세 가량

키는 157cm

12cm의 단발머리

쌍꺼풀이 없는 동그스름한 얼굴형

양쪽 어금니 네 개에 충치를 떼운 자국이 있음

밤색 점퍼와 청바지를 입고 있었음

양말은 신지 않은 채

청색 아디다스 운동화를 신고 있었음

성모 마리아像 목걸이와 은반지를 끼고 있었음

혹시 이 소녀를 알고 계신 분은 안 계십니까?

행방불명된 딸이나 동생을 두신 분들은

이 화면을 자세히 봐주십시오

그리고 이러한 소녀를 알고 있는 분들은

지금 곧 연락 주시길 바랍니다

* 네모칸 안은 「공개 수배 사건 25시」 중에서.

消燈한 여름밤

갑자기 천장을 낮춘 밤하늘에
하늘의 손금을 보여주며 마른번개가 일었다
사라졌다 그가 천둥 소리로 고백하기 전의 일이었다
그의 격정적인 구애에 누군가가 화답하기 전의 일이
었다

한차례의 긴 바람이 불자
소나기가 쏟아지기 시작했다
바람은 어느 지친 사내의 마음처럼
빗줄기들을 지나가면서
구멍이 숭숭 난 채로 이리저리 배회하며
갈 길을 몰라했다

바람이 불고 소낙비가 쏟아지자
가로등으로 몰려든 날벌레들은 폭죽처럼 흩어졌다
가로등 등허리에서 굵은 빗방울이 흘러내렸다

아직도 가로등 밑
벼락을 좇아가버린,
약속 장소에 나타나지 않은

짝을 기다리느라
나방 한 마리는 가로등을 떠나지 못하고 있다
(저렇게 얼마나 견딜 수 있을까)
나방의 고도는 자꾸만 낮아진다

찰나의 化石

나는 몰랐다
그때의 기타 소리가 십일 년이 지나서
꽃 한 잎을 떨어뜨리며
현기증처럼 흔들리는 봄바람 같은
共鳴으로 다가올 줄이야

세상의 바깥엔 빛이 있었고
그 중심의 자리엔 갑작스런 정전 같은
귓전의 첫소리가 있었다
그러나 나는 더 이상 그 노래를 기억하지 못한다
한 사람의 응시는 나를 뚫고
푸른곰팡이가 핀 벽지 위에
나의 안면을 판박이하였다
나는 판박이의 얼굴을 손톱으로 긁었다
다 자라난 손톱 사이로 파고들어
때 낀 그날은 오래도록 빠지지 않았다

추억이란 마모되면
수만 년이 지난 어느 날의 또 다른 이름,
어느 어두운 방의 방사선이 들여다보는 찰나의 化石

그때에도 누군가 쓸쓸한 웃음을 지을까?
어쩌랴 그날은 지나갔다
이름을 갖지 못한 行星이 먼 훗날,
우주를 한바퀴 돌아오는 날을 기다리든지 아니면
지구가 궤도를 이탈해 그 時間의 이름을 찾아가든지

약속

오늘 밤 마감 뉴스에서도
구름은 달빛을 가릴 수 없을 것이라고 했다
어느 무더운 날 성형외과를 찾은 그는
눈썹에 눈두덩이를 꿰매달라고 했다
간호사는 입을 가리고 웃었지만
곧 메스의 날을 갈았다

그날 이후 그는 밤마다 자신에게 한 약속을 후회했다
그믐날 밤이 와야 겨우 잠자리에 들 수 있었던
그는 꿈속에서 만나 생태찌개를 함께 먹던
愛人의 수저 위에 자신의 충혈된 눈알 하나를 얹으며
제발 내려놓지 말아달라며 외눈물을 흘렸다
살포시 눈꺼풀로 대답하던 애인은
그가 잠자리에서 일어나는
순간 식탁에 탁, 내려놓았다

건조주의보

형광등 같은 눈빛으로, 아침이 와도 잠이
없는 그녀는 진눈깨비 같은 추억도
없고 그래서 영원히 떠나 보낼 사람이
없는 그녀는 무엇보다 말이
없다 내가 한쪽 콧구멍에 신문지를 틀어막고
매일매일 찾아간 그녀의 승강장에
臟器 移植 광고가 붙어 있던 어느 날 밤
나는 드문드문 하얗게 빗발치는 흑백 영화 속의
배우처럼 그녀의 허리를 안고 격렬히 키스를 했다
아무리 휘저어도 그녀의 입안은
육포처럼 물기 하나
없었다 내가 당신은 왜 혀가
없냐고 묻자 그녀는 호주머니 안에서 화장지로 둘둘 만
송어회 한 점을 꺼내 나의 손바닥에 올려놓았다

바보 같은 사랑의 밤 5

약속된 열차는 출발을 알리는
마지막 기적을 울립니다
약속한 사람이 열차에 오르든 오르지 않든
약속한 사람을 기다리는 사람은
파란 안개에 들떠 있는 플랫폼에서 오래도록
약속한 사람을 기다리며 서 있을 겁니다

사랑이 왜 바보 같냐면
이러지도 저러지도 못하기 때문이죠, 그러니까 반대로
낮과 밤 사이에서 갈 길 몰라하지 않는 사랑은
참, 똑똑한 사랑이죠 그런 해피한 사랑은
마악 꿈에서 깨어난 뒤 기름기 가득한 볼에
흘러 있는 눈물을 손등으로 옮기거나
방금 문을 연 창으로 불어오는 바람에게
자화상 같은 얼굴을 맡길 일도 없을 테고,
더 이상 아무런 말도 할 수 없는 마음을 쥐고
햇살이 들이치는 여관방에서 나와
아침의 거리를 걸을 이유도 없겠지요

하지만, 바보 같은 사랑은

어느 이름 모를 변두리의 공터에 피어오르는
모닥불이 별이 지기 전에 하얀 재가 되듯이
날이 새기 전에 돌아가야 할 집이 있어요
돌아가야 할 집 안에는
지난날의 인연으로 만들어진 식구들이 있고
식구들은 언제나 꿈을 꾸지 못하고
터덜터덜 귀가하는 사람을 조용히 기다리고 있지요
기다리는 집 안의 인연은
또 다른 인연을 낳고, 그 인연의 힘은 끊임없이
기상 나팔을 불어대지요

아, 불온한 꿈은 언제나 짧아라

마지막 첫눈

자장면 국수 가락이 떨어진 자리가 하필이면 야쿠자 두 명을 사살하고 후지미야 여관에서 일본 경찰과 대치 중인 젊은 희로짱이 창밖으로 상체를 내밀고 함박눈이 내리는 겨울 하늘을 올려다볼 때였다 잠시잠시 함박눈 들이 그의 광대뼈를 가리다가 낙하할 때 겨울과 바람 사이의 어떤 첫눈들은 문득문득 갈 길을 몰라하고 있다 젊은 희로짱의 두 손에 의지해 그의 시선과 정반대를 향하고 있는 검은 엽총 한 자루, 그리고 여전히 그 총구와 반대 방향을 하고 있는 청춘의 얼굴은 아득한 곳에서 시작해서 지상에 마지막으로 내려앉을 한 점의 함박눈을 바라보고 있다 어쩌다 몇 개의 눈송이들이 腔線을 타고 총구 속으로 흘러들어가 총열의 밑바닥에서 굴욕을 붙잡은 채 웅크리고 있는 화약을 만난다 그렇게 반세기가 지나고, 바람에 떠밀려 그의 창문 안으로 들어간 눈송이들처럼 나는 방탄 조끼를 입고 그에게 찾아간다 그는 말한다 내가 당신 몸에 총알이라도 박을 거라고 생각하나요?* 나는 대답한다 희로짱, 나는 당신에게 아무 말도 할 수 없어요 그리고 이 조끼는 상부의 지시라 어쩔 수 없이 입고 왔어요 지금이라도 벗겠어요 나는 방탄 조끼를 벗어 그의 발 앞에 던진다 이 물건은 나보다 당신에게 필요한

것 같아요 예상대로 그는 방탄 조끼를 입지 않았지만 내게 되돌려주지도 않았다 그것이 그 순간의 최대한이자 마지막의 공평함이었다 점심 식사가 끝나고 나는 저녁 시간까지 줄곧 방아쇠를 당길 수밖에 없었던 살해 동기와 그 후 인질극을 벌이고 있는 사유에 대한 그의 말을 듣다가 벽시계를 올려다보고는 다시 짜우짜우로 전화를 건다 급하지는 않으니까요 근처에 지나는 길에 여기 자장면 한 그릇만 배달해주세요

* 고딕체: 권희로씨의 수기(手記) 중에서.

틈

수화기를 내려놓고 고개를 뒤로 젖히니
봄바람에 살짝 열려진 버티컬 틈새로
봄볕이 버티컬을 흔드는 바람의 힘으로
바람을 밀고 온 바람의 힘으로
事務室 안팎으로 드나든다

붉게 굽은 길의
視線은 안으로만 겨우 연결되어 있을 뿐이다
밖은 지나치게 환하다
어떤 이는 落島의 아낙처럼
따라 나가지 못한다

일흔여덟번째의 전화벨이 울린다
전화 바꿨습니다!

음악 감상

만일 전화 통화 후 나의 동료 직원이 여러 경로를 거쳐
해고 조치된다면 나도 辭表를 준비하겠다고 생각했다
그러나 다행인지, 불행인지 그런 일은 일어나지 않았다
장시간에 걸친 전화 통화는 동료 직원의
인내심으로 조용히 끝났기 때문이다
나는 곧바로 퇴근했지만,
동료 직원은 어느 술집으로 다시 출근했을 것이다
다음날 술자리에서 동료 직원은 말했다:
걸려온 전화기에 가득 찬 고함 소리의
틈새로 자신이 너무도 좋아하는 브람스 음악이
새어나오고 있었노라고

어떤 인연 2

왜 하필 그때 수첩을 꺼내 들었으며
손에서 만년필이 미끄러져버렸는지, 그리하여
옆 사람의 주머니 속으로 떨어져버린
몽블랑 만년필!
무슨 말을 듣고 놓쳐버린 果刀 때문에
발등에 두른 압박 붕대에서 새어나오는 붉은 물처럼
잉크가 베이지색 코트에 스며들고 있다
손잡이를 잡은 채 서서 졸고 있는 그에게
나는 무어라 말할 수 있겠는가
그를 깨워 쓰다 만 종이 쪽지를 보여줄 것인가

전동 열차의 문이 열리기 시작하자
나는 슬며시 그의 주머니 속에 손을 넣었다가
열차 밖으로 빠져나오기 직전
물방울이 떨어지고 있는 우산을 들고
출입문 옆에 기대어 홀로 서 있던
어느 여인의 곁눈질과 만난다

지하도를 빠져나오면서 나는
미래의 어느 장면을 목격한다;

어느 화창한 봄날
베이지색 코트를 팔에 걸고
20년 전에 유행했던 대중 가요를 흥얼거리며
세탁소를 향하는 어느 여인의 뒷모습을

바보 같은 사랑의 밤 4

어쩌면 다시 올지도 모르는
사내를 기다리며 여인은
시내버스 승강장에 서 있다
막차에서도 내리지 않는 사람은
그 시간, 예전의 여인의 집 앞 돌계단에 앉아
작은 꽃무늬들이 박혀 영원히 축축할
여인의 하얀 손수건을 매만지고 있다
―이게 어떻게 꿈이에요?
　　우리의 집으로 돌아가면
　　당신의 면도기도 있고
　　당신이 타던 자전거, 당신의 신발이
　　그대로 있는데
　　나는 너무 속상하고 마음이 너무도 아픈데……*
여인은 대사를 잇지 못하고
여관방에서 천천히 일어선다
가슴에 손을 얹고 울면서 길을 걸어서
시외버스를 타고서 다시 시골길을 걸어서
여인이 돌아온 셋방에는 아직도 벽걸이에
사내의 청색 남방이 아득한 별처럼 걸려 있고
여인은 우주의 맨 가장자리에

무릎을 감싸고 앉는다
방바닥에는 끝없는 밤하늘처럼
고요히 파란 물이 고인다

    * 고딕체: 드라마 「바보 같은 사랑」 중에서.

개미의 시 읽기

지금의 내 나이보다 일찍 이 세상을 떠난 시인이 남긴
단 한 권의 詩집을 다시 들여다본다
뒤집힌 점자판처럼 새겨져 있는
활판 글자들의 징검다리를 한 걸음씩 옮겨갈 때
어디선가 나타난 개미 한 마리가
시인의 숲속에서 갈팡질팡한다
흙빛 개미는 "괭이 소리"에서 "벌판"으로,
"기척 없이"에서 "각오해야 하리"로 분주히 옮겨다니
더니
숲속에서 빠져나와 시집의 골짜기로만 파고든다
나의 왼손이 한꺼번에 시집을 놓는다면
개미는 시집 골짜기에서 化石이 될 것이다
그때 (모질지도 못한 나의 얇은 장난기는)
시집 한 장을 왼손에서 풀어놓았다
보이지 않는 이면에서 개미가
詩聯을 견디고 있을 때
개미의 날씬한 허리를 누르고 있는
앞 장에는 내 오늘보다 젊었을 어느 날인가의
머리카락 하나가 골짜기에 박혀 있다
한때 지나갔던 시의 자리, 혹여 내가

백발이 되었을 때 이 시집 이 페이지 안에는
오래된 검은 추억도 골짜기에 박혀 있으리

어느새 개미는 골짜기를 빠져나와 표지에 그려진
숱 많은 시인의 머릿속을 방문하고 있다

超新星

1
어느 대목에선가 담배가 생각나 책을 들고
엘리베이터 앞 복도로 나온다
⑫
⑪
⑩
⑨
엘리베이터 문이 열린다 습관대로
타임 스위치를 눌러야 하는데
엘리베이터 버튼을 눌러버린 것이다
아무도 나오지 않고 아무도 들어가지 않는
엘리베이터 안에서 형광 불빛의 조각들이 수군댄다
잠시 후 문이 닫히고 ▽에도 불이 꺼진다

2
잘못 날아온 박쥐 한 마리
가로등을 피해 급히 선회한다
급상승하는 박쥐의 항로에 뜬 초신성을
박쥐가 잠시 가리곤 사라진다

팅!
한밤중의 엘리베이터 종소리
바깥에 나와
나는 왜 자꾸 놀라는가

측면도

9층

왜 하필 한밤중에 이불을 털어대는 것일까?
베란다 창밖으로 SOS 깃발처럼 이불이 펄럭인다
그녀의 팔짓은 악착같다, 이토록 한밤중에

10층

대개 이 시간대면, 내가 복도에 나와 밤공기를 마시며
담배를 피워 물 듯이
　건너편의 여인도 내가 담배 한 대를 다 피울 동안
　훌라후프를 돌린다
　수명이 다돼가는 형광등 불빛의
　거실에 나와 홀로 훌라후프를 돌리는 여인의 마지막
일과

8층

올해도 크리스마스는 300여 일이 남았는데
겨울이 다 가도록 크리스마스 트리는
일찍 소등되는 거실 안에서 홀로 깜빡인다
나는 아직 저 집의 아이들을 본 적이 없다

11층
불 꺼진 거실
밤늦도록 텔레비전 브라운관만이 살고 있는 집

7층
언제나 불이 꺼져 있는 집
저 집 안의 유일한 기척은
오랫동안 베란다 유리창에 박혀서 나를 바라보고 있는
붉은 신호등과 잠시 교대해서 나타나서는 아홉 차례
의 눈을 깜빡이다가
사라지기를 반복하는 초록 신호등 불빛

9층
막차처럼 떠나는 작은 트럭의 그림자를
수은등처럼 내려다보다가
말라죽은 행운목 화분과 나란히 서 있는 분유 깡통에
담배꽁초를 밀어넣은
나는 집 안으로 들어와 현관문을 걸어 잠근다

말년

다가가기 위하여 다리를 건너갈 때
삼십칠 미터짜리 최고령의 은행나무를 향하여
긴 자락의 바람이 불었다
친구와 나는 대화를 이을 수 없었다
연 꼬리 같은 한 자락의 바람은
고행의 聖殿에 다가가자 은행나무처럼
두 갈래로 나뉘어 제 갈 길을 갔다
한편은 까마득한 다리 밑 人工 호수 쪽으로 하강하여
순식간에 꼬리를 감추었고
다른 한 갈래는 편지를 목에 매단 비둘기처럼 급히 상
승하였다

마치 巨人이 神의 말을 거역하여
상반신을 땅속에 묻은 채 벌을 받고 있는 듯한
은행나무는 그렇게
칠백 년을 살았다
거역과 형벌 사이에 인류가 있다

쌍날개 헬리콥터에 실려 옮겨졌을 은행나무는
철창의 보호를 받으며 몇 개의 링거에 검은 압박 붕대

까지 둘러야 한다는 처방을 받고는,
　자기 몸의 가장 먼 가지 끝까지 청춘의 물을 길어올려
피워낸
　연둣빛 이파리들을
　宇宙를 향한 채 가출한 소년처럼
　머뭇머뭇 수화기를 매만지고 있었다

봄 나들이
─지리산 신흥에서

버스를 잘못 잡아 타 엉뚱한 곳에 내렸다
운전사는 50분 후에 막차가 출발한다고 말해준다
꽃잎이 물에 떠가는 속도로 나는
신흥초등학교 앞 계곡물로 향한다

이곳을 흘러갔던 물들이
이곳을 다시 흐르는 것이 이번이 몇 번째인가
계곡물에 손을 담그면
꿈틀대는 돌멩이들이 물결이 되어 잡힌다
나는 계곡물의 투명한 냉기를,
계곡물은 나의 탁한 온기를 나눠 가진다

숲을 향하여 방뇨하는 동안
작은 바위 위에 한 줄로 선 조약돌들이
내 뒷모습을 보고 있다
머리통 위에 대충 걸쳐 있던 모자가 자갈밭에 떨어진다
어린 손 안에서 가만히 긴장하던 조약돌 날개를
 스쳐갔던 바람이 산허리를 타고 내달려오고 있는가
보다

이름만 슈퍼마켓인 구멍가게 앞 벚나무 아래
　검정테 안경을 쓴 중년의 사내가 맨발로 슬리퍼를 놀
리며 앉아
　영원한 입친구 새우깡 봉지를 펼쳐놓고 막걸리를 마
신다
　때 이른 파리 한 마리가 그의 왼손을 따라 포물선을
그리자
　멀리 보리밭에는 낮게 초록색 바람이 분다
　나는 물기 마른 홀목을 들어 버스 기사가 알려준
　막차 시간을 재어본다

投石

하나씩 던진다는 건 즐거운 일이지
마음 없이 강기슭을 지날 때
발에 걸리는 돌멩이들의 아득한 추억처럼
그 중 얇은 자갈 하나를 주워든다는 건 또한
옛 애인의 손을 주머니 속에서
살짝 잡아보는 일이지

땅만 보고 걷다가, 걷기만 하다가 올려다본 서녘 하늘은
코피 번지는 세면대의 세숫물처럼 점점 어두워지고
그 안에 멀리 서 있는
아득한 사람

까닭 없이 등진 여인이 살아 있을 땐
물음표 지금은 마침표
마침표 같은 돌멩이를 주워
하나씩 던진다는 건 즐거운 일이지
江心으로 날아가 가라앉는 돌멩이가
제 추억의 넓이만큼 흔들리며
잠수하는 마침표의 체온은
어느 인연의 엔트로피 법칙

누군가 하나씩 던진 삶들
저기 흘러가네, 저어기 흘러오네

서울로 돌아오는 길

날물처럼 외지 식구들은 모두 처갓집을 떠났다
차에 치어 죽은 짐승들은 왜 꼭
중앙선 부근에 널브러져 있는 것일까
광천 부근에서 시속 80킬로로 스쳐 지나간 녀석은
겨울 색의 암놈이었다 젖이 늘어진 게 어디선가
새끼들이 코를 킁킁대고 있을 것이다

큰동서는 곧 명예 퇴직당할 친구가 동업하자는 제안
에 고민 중이라 했고,
작은동서는 아내가 싫어해 휴일 출근을 못하고 있어
직장에서 눈치를 살펴야 된다고,
전날 밤 처갓집에서 불을 끄고 누워 말했다
나는 아무 말도 하지 않았지만,
내가 어떻게 되어도 상관없다고 생각했다

또 있군, 하고 말하면 아내는 어디? 하며 궁금해했지만
아내는 내가 불필요하게 일곱 마리를
기억하는 동안 한 번도
國道에서 人類를 바라보는
붉은 표정을 목격하지 못했다

나는 살아가는 일이 작듯날 위에서 널뛰는
경쾌한 음표라고 생각했지만
그날 밤 도로의 한가운데서
내가 쏘는 헤드라이트를 바라보던
發光 물질을 만난 뒤
자꾸만 갈증이 났다

출장 중 2

사직공원 담장 아래
한 사내아이가 쪼그려 앉아 있다
(누구더라?)
오늘도 나는 도로의 市民이 되어
정체 구역에 멈춰 있다
아이의 다리는 가늘다
나는 아무에게도 들키지 않게
핸들을 잡고 있는 나의 팔목을
다른 한 손으로 살며시 쥐어본다
단 한 번도, 미래의 자신에게 視線을 주지 않는
지루한 아이를 본다 아이는
물어뜯고 있던 자신의
손톱을 바라본다 그러다가, 그러다가
아이의 시선이 사라졌다
나는 망각을 본다
가파른 골목길 빗자루를 끌고 쏘다니는
세 살배기 똥싸배기를

뒤차의 경적에 놀라 앞을 보니
브레이크 등을 점멸하고 멀어지는 앞차 꽁무니로

슬그머니 차 한 대가 끼여든다
저기 연탄불 빛 터널이 보인다

'藝術架' 에서

열려진 창문 밖으로 푸드덕 빗줄기가 쏟아지자 저물
녘 앞에서 어물정거리던 하루는 풍덩, 어둠 속에 빠져버
렸다 도시의 건물들 사이마다 이어진 검은 전깃줄에 매
달린 빗
　　방
　　울
　　들
이 몸집이 불어나자 하늘과 땅의 거리를 두고 허공을 달려내려오던
빗
방
울
들
과 다시 몸을 섞었다

地上의 열기로부터 탈출한 物氣의 飽和를 견디지 못
하고 다시 이주를 결심한 물방울들을 따라 나온, 천둥이
라는 이름의 아우성보다 지상에 먼저 도착한, 낙뢰라는
이름의 계획 없는 선택이 푸른빛을 데리고 지상의 어둠
속으로 사라지자 地方에서 홀로 무작정 上京한 젊은 시
인은 어느 책 발간을 축하하는 케이크 한 조각의 바닥에

묻은 빵 부스러기에 나무젓가락을 가져간다 올해가 가기 전에 이사를 하면 식구가 아프다고 하는데 그래도 이젠 올라오라고 해야겠어 외로운 시인은 습관적으로 팔뚝에 난 상처를 매만진다 소리없이 붉게 웃는 시인의 소웃음 사이로 누군가 가져온 CD의 보이지 않는 트랙을 따라 피아노 건반 위를 뛰어다니는 재즈가 그칠 줄 모르고 흘러나오고 알코올 도수 높은 술맛 같은 빗방울들 중 시인과 눈이 마주친 어떤 놈들은 문학 텍스트들로 가득 찬 창문 안을 흘끗 들여다보곤 빠르게 사라진다

마지막 손님

홀로 술 취한 여인이
탁자 위로 쓰러진다 탁자 위에
반쯤 남은 맥주병 하나도
바닥으로 떨어져 쓰러진다
술 취한 사람처럼 병은 깨지지 않고
일제히 쏟아져나오는 흰 거품들이
마룻바닥을 점령하기 시작할 때 누운
맥주병 몸통에 탁자 위의 여인의 얼굴이 비친다
순간, 맥주병의 여인의 얼굴을 어디론가 데려가는
주인의 손이 내려놓은 하얀 티슈 뭉치들이 부지런히
맥주 거품들의 반란을 막는다
맥주 거품들이 하나둘씩 하얀 티슈들에게로 빨려들어
갈 때
어디선가 갓난아이의 작은 울음 소리가 들린다
그 사이, 반란의 무리 중 눈치 빠른 어떤 놈들은
어느새 마룻바닥 속으로 숨어들고
미처 마룻바닥으로 빠져나가지 못한,
거품을 크게 부풀리며 반란의 기세에 미쳐 있던
대부분의 놈들은 하얀 티슈들에게 생포되어
하얀 비닐 봉투 안에 갇혀

내일이면 쓰레기 산으로 향하게 될 것이다 그리고
마룻바닥으로 잠시 은신했던,
반란자들은 다시 건조해지는 틈을 타 마룻바닥을
조용히 빠져나갈 것이다

잃어버린 명함

시계의 날짜는 내일로 들어섰는데 나의
하루는 끝나지 않았다
막차에 올라 집으로 돌아오는 길
어느새 목련은 피었건만
나는 약속을 지키지 못했다
빛과 어둠만이 스쳐 지나가는
차창 밖 나의 시야는
막 지워진 칠판 같다
빈 교실의 분필 가루 같은 귀갓길
외우고 있는 전화번호부를 뒤적여보아도
모두 일로 만난 사람들의 것
어느새 나는 그렇게 살고 있다
마주 오는 자동차에서 쏘아대는 쌍라이트처럼
떠오른 전화번호 하나
한때 화투 용어로 외웠던 번호
어느 쓸쓸한 날처럼 차창 밖으로
취객이 스쳐 지나간다

나는 어젯밤
버스 안에서 나의 이름이 인쇄된

명함 한 장을 꺼내 뒷면에
무어라고 썼던가

K1

링 한구석에
캐릭터 하나가 쓰러지면서
붉은 길이 난다 그러는 동안
매월 자신이 하혈한 만큼의 피를
더 이상 부풀 수 없는 풍선 같은
얼굴 살 속에 가득 채운
환호성이 분출한다

실패한 생명의 축축한 생리대를 꺼내
응원 깃발로 흔드는 한
더 이상 격투기는
연출을 거부하는 것이다

갈 때까지 갔다,
고 한탄하면 안 된다 그러면 언제나 그랬듯이,
그 순간 벌어진 입으로 항상 더
독한 세계가 끝이 둘로 갈라진 혀로
돌발의 키스를 범해온다
온도계의 무한대를 향하여
올라가는 현실 세계는 언제나

알 수 없는 제품으로 탄생될
용광로 속의 액체 같기 때문이다

바보 같은 사랑의 밤 2

오늘도 나는 손등이 젖은 채
돌아서는 그녀를 배웅하고 집 밖에서 서성였다
집이 없는 그녀처럼 나도
집 안으로 들어가고 싶지 않았다
단 한차례도 지켜지지 않는,
무성한 약속의 땅의
대문 앞에서 서성이는 동안
나는 그녀에게서 배운 진공의 시선으로
야간 주차장을 내려다보았다
아름다운 불륜의 드라마를 위하여
서둘러 귀가한 주차장에는
일렬 횡대로 세워진 승용차들이
다음날의 귀가를 위하여 반듯하게 대기하고 있었고
그림자 위에 서 있는
가로등들은 습도 높은 출근부에
달무리 같은 도장을 찍고 있었다

나는 주차장에 그대로 있는 자동차들을 발견한다
언제부터 주차장의 시간을 내려다보고 있었을까
나는 나의 진공관 시선이 닿아 있는,

삐딱하게 세워진 봉고차 한 대에 비로소 눈길을 준다
뒷부분이 뭉뚝한 봉고차
나는 봉고차의 뒷부분이 하얀 선 바깥으로
더 이어져야 한다고 생각한다
볼 만한데, 끝나야 시작하는 노래와 함께
끝나버리는 모처럼의 드라마처럼
아쉽다

수화기를 내려놓고

누구에게도 말할 수 없을 때
언젠가 나를 기억해준 곳을 찾아간다
나는 문 앞에서 발걸음을 멈춘다
움직이지 않는 손잡이에 나는
습한 指紋을 남기고 돌아선다
돌아서 걷는 나를 보며
담배 가게 아가씨가 담배 연기를 뿜으며 웃는다
웃는 만큼 나는 조금씩 사라진다
한낮의 골목을 꺾어 돌아가면 나는
오른쪽 어깨부터 머리통, 다시 왼쪽 팔꿈치,
마지막으로 왼발 뒤꿈치까지 지워진다
나는 빈집으로 돌아와 방바닥에 눕는다
오랜 시간이 지난 뒤 눈을 떴을 때
한밤중이었다

하루의 타이머

한밤중
엘리베이터 앞 복도에 나와
담배 한 대를 피울 동안 나는 보통
세 번의 타임 스위치를 반복해서 누른다
그 동안에 나는 불을 켠 두 편쯤의
詩를 더디게 읽을 수 있다

일 분이 지나고
갑작스런 정전처럼 어둠이 시작될 때
아직 끝나지 않은 남은 시 구절도 불을 끈다
나는 타임 스위치를 누르는 시간을 잠시 지연시킨다
다시 필라멘트의 곡선을 따라 전기가 휘감겨지고 난 후
마저 남아 있는 시를 읽는 것보다
소나기처럼 급습해온 어둠이 시작되는
순간의 맛이란!

어김없이 창턱에 비벼 끈 담배꽁초를 분유통에 밀어
넣고
    상체를 일으켜세우면
    형광등 같은 현기증!
    하루의 마지막 일과

추신
——4월 1일

그대에게 보내는 마지막 편지를 팩스에 뉘었습니다
0이라는 끝 번호를 누르고 통신 버튼에서 뗀 손가락은
아직도 제게 눌어붙어 있습니다 팩스가 출근길 같은 글
씨를 만나느라고 종이는 더디게 밀려나옵니다 아무에게
도 보여주지 않은 심야의 편지를 그대보다 먼저 팩스가
읽고 있군요 그 앞에 저는 막차 끊긴 승강장처럼 서 있
고 그대에게 보냈는데도 발 앞으로는 규격 종이가 떨어
지고 있습니다 그처럼 그대가 이 이별의 편지를 가져가
지 않았으면 하는 생각을 하니 저는 팩스도 읽을 수 없
는 물먹은 종이가 돼버립니다 이렇게 편지지가 코피처
럼 떨어질 때마다 그대의 감열기를 통과한, 허가 받은
팩스 용지는 천천히 말려올라가고 있겠지요 그것을 받
아 읽고 계실 그대의 마음속에서 그대의 방식대로 다시
편집될 저의 음표가 하루빨리 지워지길 빕니다 그렇게
다시 그대의 마음이 백지가 되었으면 좋겠습니다 저는
이 편지들을 도저히 지울 자신이 없습니다 그래서 저는
차라리 저도 알아볼 수 없을 정도로 까맣게 될 때까지
더 써야 할 것 같습니다 방금 팩스가 끄읕, 하고 소리를
냈습니다 안녕히

우수, 혹은 시간의 발견술

이광호

　윤병무의 시적 화자는 어떤 창백한 우수에 사로잡혀 있는 것처럼 보인다. 그런데 우수라는 말에 포함된 슬픔과 근심은 대개 특정한 경험에 대한 기억과 연관된다. 이것은 그가 지금 욕망의 사건이 벌어지는 시간으로부터 일정한 거리를 유지하고 있다는 것이다. 그 거리는 열정을 식게 하고 추억의 이름으로 그것을 되돌아보게 만든다. 그는 홀로 시간의 침식을 응시하는 자이다. 그럼에도 불구하고 그는 결코 그 모든 것으로부터 초연한 자가 아니다. 그는 여전히 흔적의 현재성 안에 머물러 있기 때문이다. 윤병무의 화자는 이렇게 몰두와 초연의 사이에서 서성거리는 장면을 연출한다. 그러나 이렇게 말하는 것으로 나는 그의 우수를 충분히 설명하지 못했다. 우수란 차라리 부재와 현존의 시간이 겹쳐진 곳에서 현존하는 부재의 그림자를 어루만지는 것, 그리하여 그곳에 "그 시간"이 있다고 처연하게 기억하

는 자리이다. 이런 맥락에서 우수는 기억의 현상학의 일부
이다.

나는 몰랐다
그때의 기타 소리가 십일 년이 지나서
꽃 한 잎을 떨어뜨리며
현기증처럼 흔들리는 봄바람 같은
共鳴으로 다가올 줄이야

세상의 바깥엔 빛이 있었고
그 중심의 자리엔 갑작스런 정전 같은
귓전의 쉿소리가 있었다
그러나 나는 더 이상 그 노래를 기억하지 못한다
한 사람의 응시는 나를 뚫고
푸른곰팡이가 핀 벽지 위에
나의 안면을 판박이하였다
나는 판박이의 얼굴을 손톱으로 긁었다
다 자라난 손톱 사이로 파고들어
때 낀 그날은 오래도록 빠지지 않았다

추억이란 마모되면
수만 년이 지난 어느 날의 또 다른 이름,
어느 어두운 방의 방사선이 들여다보는 찰나의 化石
그때에도 누군가 쓸쓸한 웃음을 지을까?
어쩌랴 그날은 지나갔다
이름을 갖지 못한 行星이 먼 훗날,

우주를 한바퀴 돌아오는 날을 기다리든지 아니면
지구가 궤도를 이탈해 그 時間의 이름을 찾아가든지
　　　　　　　　　　　　　　　—「찰나의 化石」 전문

　이 시의 첫 연은 "십일 년"을 건너온 "기타 소리"의 "공
명(共鳴)"을 말한다. 화자가 "몰랐다"라고 말하는 것은 그
공명이 시간을 넘어오는 과정의 의외성을 반영한다. 이 경
우 기억이란 발견의 의미를 갖는다. 이 시에서 그 발견을
가능하게 하는 것은 청각적인 요소들이다. 첫 연의 "기타
소리"는 두번째 연의 "쇳소리"와 "노래"로 전화되지만, 화
자는 다시 "기억하지 못한다"라고 기억을 부정한다. 그러
나 이 시에서 "기억한다"와 "기억하지 못한다"의 의미론적
거리는 사실 그렇게 멀지 않다. 이미 "기억"에 관해 말하고
있는 이상, 기억에 대한 부정은 일종의 기억에 관한 재인
식이다.
　그런데 이 시는 중반 이후 의외의 시적 전개를 보여준
다. '나'의 청각적 감각에 대한 시 앞부분의 묘사들은 갑자
기 '나'를 시각적으로 대상화하는 "한 사람"의 등장으로
돌발적인 관점의 역전이 일어난다. 새로운 주체의 '나'에
대한 응시는 '나'를 수동적인 대상으로 전환시킨다. 그러
니까 이 시에서는 '나'의 '듣는다'와 "한 사람"의 '본다'
사이에서 기억의 재인식이 이루어지는 셈이다. "판박이"된
얼굴을 "손톱으로 긁"는 행위는 "한 사람의 응시"에 대한
'나'의 저항이며 수용이다. 혹은 타자에 의해 대상화된 자
신의 얼굴을 다시 확인하는 작업이다.
　마지막 연은 그 시간의 우주적 차원에 대한 묘사이다.

"수만 년"이라는 긴 시간의 단위와 "찰나"라는 시간 단위, 그리고 "이름을 갖지 못한 행성(行星)이 먼 훗날,/우주를 한바퀴 돌아오는 날"의 아득한 미래 사이에서, "추억"은 단지 과거에 붙들려 있지 않고 우주적 기다림의 대상이 된다. 그러므로 이 시의 마지막 행의 "그 시간"은 일반적인 의미의 물리적 시간이 아니라 앞의 "추억"과 "그날"에 상응하는 어떤 본질적인 시간이다. 그렇다면 이 시는 단순히 "그 시간"의 소멸에 대한 회한을 담고 있는 것이 아니라, 그 영원성에 대한 사유를 내비치고 있다.

　　어제 무슨 일이 있었던가

　　늦은 아침 호주머니에서 나온
　　병뚜껑 하나

　　구부린 엄지와 집게손가락 사이에서 반으로 접힌
　　알리바이를 갖고 있는
　　오비라거 병뚜껑 하나

　　어두운 호주머니 속에 갇혀 있다가
　　내 손가락에 잡혀 올라와선
　　죽은 조개처럼 입을 열지 않는다
　　　　　　　　　　　　　　　　　　—「序詩」전문

　여기에는 시간의 흔적에 대한 이미지들이 빈번하게 등장한다. 이 시에서 "출근길"이란 노동과 생산이 시작되는 일상적 현실로 가는 길이다. 그 길에서 화자는 호주머니에서 "반으로 접힌" "오비라거 병뚜껑 하나"를 발견한다. 그 발견은 단지 맥주 병뚜껑 하나의 발견이 아니라 그것이 함유하고 있는 시간에 대한 발견이다. 병뚜껑의 시간은 "늦은 아침"의 분주한 시간과 대비되는 깊은 밤의 시간이다. 문제는 맥주 병뚜껑 하나가 암시하는 그 시간의 사건을 정확히 알 수 없다는 것이다. 시간은 "죽은 조개처럼 입을 열지 않는다." 그것은 결코 그 자신의 내용을 완전히 설명해주지 않는다. "호주머니 속에 갇혀 있"던 시간을 꺼낸 "늦은 아침"의 사건은 어둠 저편의 시간과 "출근길"로 상징되는 일상적 출발과 생산의 시간의 경계에서 벌어진다. 그러므로 "죽은 조개"로 상징되는 시간의 침묵은 그 시간의 부재를 의미하는 것이 아니라 그 시간의 존재감을 깨닫게 해주는 경험이 된다. 그 사소한 경험은 "출근길"이라는 확실성·목적성·유용성·근면성의 세계로부터 불길하고 텅 빈 밤의 세계를 간접적으로 체험하게 해준다. 지금 나는 단지 이 시를 모리스 블랑쇼의 '밤의 매혹'으로서의 글쓰기라는 입장에서 해명하려는 것은 아니다. 이 시에서 문제적인 것은 '밤의 매혹'이기보다는 시간의 알리바이며, 그 알리바이가 암시하는 밤의 시간의 존재감이다.

> 육교의 정상에서 눅눅한 도시의 거리를 내려다보았을
> 어느 실직자의 깊고 푸른 밤이 가면
> 토사물 위로 대낮의 아지랑이가 춤춘다
> 내장 속에서 쫓겨난 자존심도 드문드문 섞인
> 만두소로 비둘기들의 푸짐한 오찬이 시작되었다 나는

계단을 오르고 싶지 않지만
되돌아갈 수도 없는 입장
가던 길을 간다   ──「출장 중 1」 일부

밤새 만나지 못하고 잠 깬 날 아침
지하철에 올라 손잡이를 잡으면
누군가의 체온이 남아 있다

지난밤 강가에 나와
물수제비질하던 손
手溫을 신고 날아간 얇은 돌이 수면을 두드릴 때마다
얼굴들 하나씩 그리던 손   ──「순환선 지하철에서」 일부

　시간의 흔적들은 주로 아침이나 대낮에 발견되는데, 그
이유는 비교적 선명하다. 화자에게 시간의 저편에 웅크린
것들은 주로 지난밤의 사건을 의미하기 때문이다. 「출장
중 1」에서 화자는 대낮에 육교의 정상에서 지난밤의 "토사
물"을 발견한다. 그 토사물은 그것을 쏟아낸 사람의 "내장
속에서 쫓겨난 자존심"을 보여준다. 토사물은 지난 시간의
흔적이면서 그 어느 누군가의 실존적 사건의 일부이다. 그
것을 발견한 화자는 "되돌아갈 수도 없는 입장"이고 그래
서 "가던 길을 가"는 것은 자신이 지금 "출장 중"이기 때문
이다. "출장 중"의 시간은 앞의 시에서의 "출근길"과 마찬
가지로 노동과 생산이 시작되어야 할 시간이다. 화자는 지
금 그 길 위에서 한눈을 팔고 있는 셈이지만, 되돌아간다
는 것은 불가능하다.

'아침 지하철'의 시간 역시 마찬가지이다. 화자는 아침 지하철의 손잡이에서 다른 사람의 체온을 경험한다. 그 체온은 현실적으로는 이른 아침의 누군가의 체온일 가능성이 많다. 그런데 지금 화자는 그것을 지난밤의 체온으로 상상하고 있으며, 그 상상은 "물수제비질하던 손"과 "대문을 열어보려던 손"으로 뻗어간다. 그런 의미에서 "밤새 만나지 못하고 잠 깬 날 아침"이라는 다소 모호한 표현은 '밤/아침'의 의미의 대비를 비교적 적극적으로 암시한다. 만나려 했으나 만나지 못한 밤과 지난밤의 체온이 남아 있는 아침. 이때 '순환선 지하철'의 출근 시간은, 맥주 병뚜껑을 호주머니 속에서 발견하는 출근길과 마찬가지로, 불확실하지만 그런 사건이 있었다는 시간의 실감을 만나는 길이다.

> 검은 유리창을 둘러놓아 거리를 지날 때마다
> 궁금했던 카페 안으로 들어와 보니
> 안에서만 바깥이 내다보이는
> 창을 붙여놓았다 창가에 앉아
> 내가 걸어온 길거리의 풍경을 바라본다
> 술잔이 비워지자 아는 사람이 지나간다
> 나는 그이를 보며 웃어 보인다
> 그이는 웃지 않는다
> 나는 손을 흔들어 보인다
> 그이는 창가를 스쳐 지나간다　　　　　—「낮술」일부

다시 화자는 대낮의 시간에 '바깥'의 시간을 경험한다. 그 경험을 가능하게 하는 것은 물론 '낮술'이다. '술'의 도

취성과 일탈성은 그 경험을 가능하게 하는 조건이다. 그런데 이 시에서 낮술은 끊임없는 도취의 나락으로 시적 자아를 이끌지 않고 그에게 어떤 자기 성찰적인 계기를 부여한다. 낮술을 마시는 공간의 유리창은 "안에서만 바깥이 내다보이는" 그런 공간이다. '안에서만 바깥을 본다' 는 표현을 비유적으로 이해할 때, 그 자리는 자기 안으로부터 자기의 바깥을 보는 경험이 된다. 흥미로운 것은 그 바깥에서 시적 자아가 무엇을 보는가 하는 점이다. 화자는 먼저 "내가 걸어온 길거리의 풍경"을 바라보게 된다. 그냥 '길거리의 풍경'이라고 하지 않고 "내가 걸어온 길거리"라고 굳이 말하는 것은, 화자가 그냥 '풍경'을 보는 것이 아니라 자신이 살았던 풍경을 본다는 것이다. 다른 식으로 말한다면 화자가 보는 것은 풍경이 아니라 실존적 시간이다. 그 다음, 화자는 "아는 사람"을 보게 된다. 화자가 알은체를 하는데도 불구하고 그냥 지나쳐가는 사람의 모습은 "안에서만 바깥이 보이는 창"의 단절성을 보여준다. 그러나 또한 그것은 화자가 타자와 관계 맺은 경험을 다시 만나는 일이다. 그 만남이 타인과의 소통으로 확인되는 것이 아니라 화자 내부의 사건에 한정되는 것은, 지금 그가 안에서만 바깥을 보기 때문이다.

내가 까놓은 알들이 하나둘씩
흰 날개를 달고, 숙인 고개 아래서
맥주 거품의 모양으로 유체 이탈한다

물을 내리면서,

창녀의 과거를 용서할 수 없는 자신이 싫다고
고백하며 괴로워하는 어느 드라마의 남자가 바로
나다, 라는 생각이 든다
                              —「좌변기의 물을 내리면」 일부

이 시에서도 역시 화자는 자신이 저지른 시간의 흔적을
보고 있다. 자신의 배설물을 "내가 까놓은 알들"이라고 말
하는 것은 시각적인 비유의 재치가 아니다. 배설을 생산으
로 뒤바꾸어놓는 것은 의미심장한 시적 인식을 동반한다.
그러니까 방뇨의 행위는 단지 몸 안의 것들을 밖으로 내뱉
는 것이 아니라 새로운 공간으로 생명을 만들어 내보내는
일이다. 방뇨의 장면을 이렇게 묘사할 때 그것은 다소 우
스꽝스러운 표현으로 이해될 수도 있다. 그러나 이 시의
화자의 태도는 오히려 자기 반성적이다. "창녀의 과거를
용서할 수 없는 자신이 싫다고/고백하며 괴로워하는 어느
드라마의 남자"는 드라마의 상투적 인물일 수 있지만, 근
본적으로는 과거에 붙들려 있는 남자이다. 시적 화자의 반
성과 그것이 동반하는 우수는 이렇게 시간과 실존의 관계
에 대한 성찰과 연루되어 있다.

슬픔을 아는 사람의 슬픔은 그래도 견딜 만하다
그러나 슬픔의 눅눅한 안개에 싸여
슬픔이 어디까지에 다가와 있는지
모르고 사는 사람의 슬픔은
견디는 것인 삶이기에
늦은 밤 자주 방안의 한구석에 웅크리고 앉아 있다

마치 태아 때의 자세가 자꾸 그리워지는 것이다
　　　　　　　　—「바보 같은 사랑의 밤 1」 일부

　왜 사랑이 혹은 "사랑의 밤"이 바보 같은 것인가? 화자
는 몇 가지 해석의 계기를 던져준다. 우선 "슬픔이 어디까
지에 다가와 있는지/모르고" 살기 때문이다. 슬픔과의 거
리는 물론 공간의 문제가 아니라 시간의 문제이다. 이를테
면 원근법을 공간의 차원이 아니라 시간의 차원에 적용한
다면, 바보 같은 사랑은 슬픔의 원근법을 알지 못하는 사
랑이다. 그 사랑은 지금 "태아 때의 자세"를 하고 "방안의
한구석에 웅크리고" 있다. "태아 때의 자세"를 그리워하는
것을 실존의 기원으로 거슬러 올라가려는 욕구의 반영이라
고 볼 수 있다면, 그것은 슬픔과의 시간적 거리를 측정하
지 못하는 인간의 근원적 욕망이라고 할 수 있다. 슬픔과
의 시간을 측량할 수 없기 때문에 그는 아주 근원적인 시
간으로 귀환하려 한다. 이 시의 후반부를 보면 "바보 같은
사랑의 밤"은 한 사람만의 밤이 아니며, 그리움이 소통을
부르는 사람들의 밤이다. 밤의 전화들은 그 불가능한 소통
의 꿈으로 울려댄다. 그러나 그 소통이 온전한 소통이 될
수 있는 가능성은 쉽게 열려 있지 않다.

　　내가 전화를 할 때마다
　　취해 있지 않았던 선배가
　　취해 전화를 해왔을 땐
　　내가 취해 있지 않았다

나는,
살 만한가   ─「한밤의 전화」 일부

  윤병무의 시에서 아침과 낮이 밤의 흔적을 발견하는 시
간대라면, 밤은 불가능한 소통과 만남의 욕망이 서성거리
는 자리이다. 그곳은 불확실하고 설명할 수 없는 욕망이
꿈틀거리는 곳일 뿐만 아니라, 그 욕망의 실패와 어긋남을
통해 "나는,/살 만한가"를 물어보게 되는 경험을 제공하고
있다.

  상보로 쓰이는 조간 신문에선
  한 탈옥수가 자기의 머리에 방아쇠를 당겼다
  어릴 적 作家가 되는 게 꿈이었다던 그는
  자신에 대한 재판 결과가 억울하여 철창을 뜯고 나왔다
  특공대가 침투하여 그의 동료를 사살하기 전
  그를 회유하려는 전화 통화에서 그는
  비지스의 「HOLIDAY」를 듣고 싶다고 했다
  예측할 수 없이 끝나버린 음악처럼
  노래가 끝나고 그는 천년 안식에 들어갔다

  몇 시간 동안 인질로 있으며 그의 상처를 간호하던
  여인은 파앙, 하는 순간 그를 끌어안았다
  이쪽을 뚫고 나간 저쪽 머리에선
  그의 어린 시절이 빠져나갔다

  그랬다 아래층에서 설거지를 하면

위층에선 수도관이 부르륵부르륵 앓았다
그리곤 한참 동안이나 수돗물은 나오지 않았다
　　　　　　　　　　　　　　 ─「HOLIDAY」일부

　이 시에서 "HOLIDAY"는 적어도 세 가지 층위의 의미
연관을 갖는다. 우선 하나는 화자가 살고 있는 혹은 살았
던 일상적 시간으로서의 "HOLIDAY"이다. 그곳은 누추한
세간살이들이 등장하는 공간이다. 두번째는 그 세간살이의
일부로서의 "상보에 쓰이는 조간 신문"에 나온 기사 속의
"HOLIDAY"이다. "자기의 머리에 방아쇠를 당긴" 탈옥수
가 비지스의 음악을 듣고 싶어했다는 기사이다. 탈옥수가
듣고 싶어한 음악의 제목은 그 탈옥수가 처한 현실, 그리
고 그가 살았던 삶에 비추어보면 극단적인 아이러니를 이
룬다. 세번째의 층위는 비지스의 음악 「HOLIDAY」라는 고
유명사이다. 사실 그 음악을 알지 못해도 이 시를 이해하
는 데 큰 어려움은 없다. 시는 기본적으로는 음악의 제목
이 가지는 아이러니의 효과에 기대고 있기 때문이다. 그리
고 이 사건이 실재했던 사건이라는 것 역시 이 시의 사실
성의 효과를 높이는 데 기여하고 있을 것이다.
　그런데 이 시에서 흥미로운 것은 화자의 "HOLIDAY"와
탈옥수의 "HOLIDAY" 사이의 환유적인 연관이다. 이 시가
시작되면서 독자는 화자의 일상적 현실과 탈옥수의 사건
사이의 분명한 경계를 보게 되고 그 경계를 이어주는 것은
"상보로 쓰이는 조간 신문"이다. 그런데 "이쪽을 뚫고 나
간 저쪽 머리에선/그의 어린 시절이 빠져나갔다"라고 탈옥
수의 죽음을 묘사한 뒤 마지막 연은 "그랬다"라는 말로 이

어진다. 이런 시행의 전개 과정에서 이제 탈옥수의 "어린 시절"은 화자의 일상적 현실과 거의 구별되지 않는다. 그러니까 "HOLIDAY"의 아이러니는 어떤 휴식도 축제도, 혹은 이 단어의 어원처럼 어떤 성스러움도 담겨 있지 않았던, 그런 시절들이 그렇게 닮아 있음을 역설적으로 보여준다.

윤병무의 시에 나타나는 우수의 정조는 일상적 현재의 뒤편에 있는 불확실성의 시간을 발견하는 화자의 태도에 연유한다. 그것은 단지 회한의 포즈에 머무는 것이 아니라 화자로 하여금 삶에 대한 자기 성찰과 타인의 실존적 시간에 대한 이해로 나아가게 만든다. 현대적인 삶 안에서 기억이란 확실성과 동일성의 영역이 아니라 삶의 부조리와 아이러니를 재인식하는 계기이다. 그런 의미에서 윤병무의 우수의 현상학은 현대시의 일반 문법이 현대적인 삶의 모순의 경험과 만나는 장면을 이룬다. 그러나 시간의 흔적을 찾는 행위가 현재적 삶에 대한 보다 깊은 질문을 동반하지 않는다면 그것은 범상한 자기 감상의 토로에 그칠 수 있으며, 그러한 태도가 사물과 육체에 대한 보다 날카로운 감각의 성취를 제한할 가능성도 있다. 그런 의미에서 사물의 공간과 욕망의 자기 운동에 대한 언어들은 좀더 엄밀함에 접근할 필요가 있다.

그런데 가장 최근에 발표한 「마지막 첫눈」 「風요일의 오후」 「藝術架에서」 등에서 시인이 변화된 시작법을 선보이고 있는 것은 주목을 요한다.

〔……〕 그 상태에서 토요일과 일요일의 분량까지 마친 걸레

가 마지막 한 조각을 남기자, 열려진 베란다 창문으로 하루 한
자락의 바람이 매미 소리 하나를 데리고 들어와 내 몸 밖으로
돋아나 빼곡한 잔털들을 휘익 누이곤 급히 사라진다 그렇게, 짧
은 風요일의 오후가 가고 화장실의 파란 대야 안에서 세 차례나
하얀 똥을 눈 흐린 하늘색 걸레는 베란다 밖에서 어느 바람만이
알아들을 수 있는 이상한 소리를 서너 번 내지르며 부르르 몸을
털고는 스테인리스 봉에 매달려 여름볕과 독대하고 있다
                                  ─「風요일의 오후」 일부

　일상성의 공간에 대한 소묘가 건조한 묘사적 언어를 통
해 표현된 이 시에서 사물들은 단지 화자의 인간적 관점이
포획한 대상이기를 벗어나서 나름의 존재감을 드러낸다.
이 시에서 '걸레'는 시적 대상이면서 동시에 또 다른 시적
주체이다. 이를테면 그것은 시인의 공간에 대한 좀더 세밀
한 시선을 통해 낯선 감각의 영역을 열어가고 있음을 암시
한다. 그렇다면 나는 시인 윤병무의 시에서 시간의 발견술
이 시간의 원근법으로, 혹은 시간의 직유법이 공간의 환유
로 전환되고 있는 장면을 목도하고 있는 것이다. 그런 의
미에서 윤병무의 화자들이 뿜어내는 고독의 이미지들은 고
독의 진술이 아니라 고독의 존재감으로 구상화되고 있다.
우리가 만나는 세상의 고독이란 결국 고독의 실감, 고독의
시간성일 테니…… ▨